歌集

浮島の歌

波汐國芳

角川書店

浮島の歌　目次

〈I〉 凝視

〈Ⅱ〉 飛翔

装幀　熊谷博人

歌集　浮島の歌

波汐國芳

〈Ⅰ〉凝視

福島に覚む

うつくしまなんて福島乗せられて終《つい》は原発石棺のなか

常磐線ＳＬ車両の脱線ぞ原発騙しが重過ぎたから

ああ福島うつくしまなんて乗せられて軌道を逸れたＳＬだった

うつくしまなんて乗せられ実り田の案山子が転んでホホと笑うも

稲妻の遠ひらめきに裂きゆかむコロナ地獄のわれの夜戸出

福島や尾瀬の浮島際やかにうつくしま何ぞ沈めてもいい

黒い夏

コロナ禍の震えはいつの日尽きるのか地獄渡しの船に手繰れば

コロナ禍に猛暑相次ぎ向日葵の燃えて焦がれて黒い夏です

鐘の音《ね》のおんおん泣くを黄泉の世の汝《なれ》が苛《いじ》めに遭ってるような

夕分けて夕顔の精その笑みの招けば光源氏も来るや

今其処で夕顔の花笑うから透きて見え来る明日なのですね

見て待てど咲かない夕顔　見ていない時にひらくをその花ごころ

福浪線の峠戻れば付いて来る　熊笹の風ざわざわと死者

猪の増えしと聴いて越す峠　縄文時代もわらわら付き来《く》

古里や猿の出没聴くからに猿の惑星も下りて来ている

夕べから来ているのかね　覚め際を我が背戸に鳴くうぐいすの声

炎立つ牛

虚空蔵の銅製の牛撫でいたり丑年生れの輝《て》り出《い》ずるまで

文明よ休んでゆけとみちびくをああ銅製の牛の眠りへ

悪きこと何にもせぬを除けられし飯舘牛の炎立つ眼や

燧石《ひうちいし》何度も打ちてゆく牛の怒りの目見に顕《た》てる惨はや

一九二五生れのわれに鼻どりの飼牛遠く泥まみれいし

鼻どりの泥田遠見ゆ吾《あ》と牛の主と従とがすり替えられて

主《ぬし》の無き大熊牛が群れなして大熊の夜を訪いしは何ぞ

ああ我はのろまの牛の性《さが》ゆえか戦《いくさ》の死地にも届かざりしよ

われは丑年、汝《なれ》は午年

「馬勝った」「牛負けた」と言いながら常《つね》口癖の妻にありしか

いつの日か輝きていん丑年のその鈍重の歩みなりしを

おおわれはいつまで生きん丑年の　のろまにあればゆっくり行こう

かくれんぼしているのかね　もうと啼き飯舘の牛まだ戻らない

飯舘の牛戻ったか問うわれに返事は無いね殺されたんだから

コロナ運び屋

文明よ何で急ぐの人類の破滅がずんずん近付き来るを

誰も居ぬ地球のうつろ　馬鹿野郎と呼べば馬鹿野郎と返りて来るを

福島に己の容れ処求むるを容れてもいれても尽きぬ渦です

文明はコロナ運び屋いつしらに地球はコロナのヘドロになるか

コロナらに負けてはおれじ虎落笛弾み弾みて楽《がく》奏ずるを

コロナ禍に塞ぐこの日々当てつけに空き缶ひとつ蹴る帰り道

福島を起たさむとてや風が鳴る　ひゅうひゅるる笛吹くような

吾妻おろし盆地の底を攫いゆく　コロナウイルス達もさらえよ

紅葉通りのもみじに紛れゆくわれか映えて真赤な鬼となれるを

文明はコロナ運び屋　ジェット機も新幹線も掛け声あげて

文明よ何で急ぐの　外つ国ゆコロナウイルス運ぶ利器はや

夕顔の笑み

ああ汝は傍へに在りて娘との年越しの席を見ていましたか

今年又夕顔のはな友どちへ分けても分けても尽きない笑みだ

今其処で夕顔の花笑うから透きて見え来る明日なのですね

見て待てば咲かぬ夕顔見ておらぬ時にし咲くを花ごころとや

黄泉路はや暮れ早くして夕間暮れ　はぐれし汝を尋ねむ誰に

さかのぼる阿武隈川ぞ何処までも手繰りたぐるを葦につらなる

ふくしまやわらじまつりのわらじもてコロナ攫って葬らむいざ

われを生み詩心育てし古里の汲んでも汲んでも尽きぬこの井戸

うつくしまなんて福島　すいすいと煽てに乗りしお人良しらよ

甥産のカトレアに汝を覆いしがああ天国の花売り娘

蘭ばなの巡り舞い舞う蝶一つあな天国の妻の化身ぞ

胃のアコーディオン

胃の検診異常なしとぞ深呼吸して鳴らさんか胃のアコーディオン

福島や木の実草の実目醒むるに鳥らの歌の戻りくるらし

さるすべりの紅《こう》が縁取る道走り手繰りたぐれば尽きるその炎《ひ》や

鴨の気負い

うつくしまなんて福島実り田に下りし大鳥　トリチウムとぞ

雪深野　南天の実の赤きより発《た》つ鵯《ひよどり》のきおいに惹かる

栗の実の爆《は》ずるに重ね原発の爆ずるを聴きし他所人の耳

禁断の木の実を食《は》みしアダムとイヴそのすえ故の刑かコロナ禍

赤んべ

戦艦の大和は海に沈みしが卑弥呼のヤマト我が胸にこそ

白鳥ら又くるらしも低空にめぐりて降り場を探す日なりき

人生を何かと問えば夕焼けの天垂れざまざまに赤んべである

おお馬は我の分身燃えさかる火を裂きざまに潜り抜けしが

ふんわりと軽そうですね実り田の案山子となりて雲をし見れば

こけし館のこけしにつらね訪ぬれば遠く小さく離《さか》る汝《なれ》だね

木枯しの夕べに聴けば樹々の声汲んでも汲んでもまだ尽きないね

防潮堤が続く道

何処までも防潮堤がつらなるを古里見えず私もみえず

浜昼顔今年も咲きて立ち上がれ立ち上がれとぞ花をそよがす

古里の塩屋の海の探照灯夕さやさやと我が闇も掃け

ひとひらの古里の海　風吹けば風にこぼれん遠《とお》木の間より

原発爆《は》ぜ人住まぬ町廃炉ゆえ賑わう町に戸惑うわれか

福浪線の峠越ゆるを熊笹の風のざわざわ死者率《い》てゆくか

被曝禍に遠ざかりたる薇蕨《ぜんまい》のト音記号が招く森なし

被曝禍に群るるいのしし山分け来　縄文時代を連れて戻り来

大津波又も襲わば恐竜が火を吐き白亜紀戻る町はや

波浪吠ゆ

警鐘の波立てる磯抱《だ》き込めり　おお百頭の獅子の迫るを

震災が鳴砂の浜をさらいしに如何なる楽《がく》の産みし海はや

津波後を瀕死の渚　オルガンのドレミファソラシド息吹き返せ

巨大なる防潮堤もて包む村からんころんと音するような

防潮堤が古里の村抱《いだ》きたり光こぼれんまで抱きたり

世界一高き防潮の堤とう　警鐘の波吠ゆるごときに

冬眠

冬眠の我が息遣いさやさやとコロナ禍なんて夢の間ですね

我に今　冬眠がよし目覚むれば遠く小さくコロナら退《の》くや

コロナ禍に負けてたまるか負けぬとう歌詠むからに負けぬ我はや

震災にいわきの浜の瓦礫路の波立ちざまに黄泉へ続くも

巨大なる防潮堤を訪ねればああ魔の刻の見える磯です

紅

津波魔のわっと襲えど攫えずや浜昼顔のその根深きに

幼児用赤き人形起ちて見ゆ津波の痕の瓦礫の中ゆ

大津波さらい残しのそのふかみ浜昼顔の花のくれない

わたくしの心はそんなに浅いのね　あなたが返すことばに汲んで

手繰っても尽きない心　汝《な》の深み姿を何処かに忘れたからね

ああ我は何にも大事を言わぬのにあなたの何処に触れたのかしら

子の二人　宝の二人いるからにあなたの首は絞められなんだ

一緒に死のう一緒に死のうとせがむから　あなたの首を絞める夢見た

地獄渡し

口空けて逝きにし汝《なれ》ぞ年経てもあんあんと泣く声聴こゆるを

振りむけば遠くに汝《なれ》がめぐる輪のずんずん小さし光点となり

飯坂の湯に来て深く亡妻《つま》思う汝《なれ》が片乳沈めたりしを

ああ汝《なれ》はいわきの地にし生まれしを福島の地に果てし蜉蝣《かげろう》

寂しいね寂しくないね　傍らに幽霊でいいあなたが居れば

コロナ禍の夜半《よわ》をわなわな震えるは地獄渡しに乗りいるような

破滅細道

診察の待合席に×決めて人の間《あい》にも分け入るコロナ

人類の終も迫るや野の遠く破滅細道ひたに手繰るを
ああ我は何にも悪き事せぬをコロナの獄に痩せさらぼえり

コロナ禍は人の中にも分け入るをきりきり裂きて痛み走らす

おお海は乱打のピアノ　コロナ禍に負けぬちからの楽《がく》奏でんか

コロナ禍に人と人とのかかわりの過疎となり行く街に寂しむ

ひっそりと咲く片栗の花に問えコロナ禍の世に我が永らうを

春ですね何か浮き浮き吾妻嶺の雪形兎も跳ね出でそうな

三年前逝きにし汝よこけし館こけし並ぶに紛れおらずや

津波後の浜昼顔に貰いしをコロナウイルスに負けないこころ

復興は起つ心です浜昼顔　津波に耐えた根の深みより

うつくしまなんておだてに乗せられて己が墓穴を掘ったね我ら

光る髪靡かせながら鬼の漕ぐ地獄渡しに乗りいるわれか

列島の闇

うつくしま　ああ福島や為政者にかつがれ終《つい》は爆ぜ玉でした

心中《しんじゅう》は笑われそうで赤蜻蛉すいすいあなたと飛べなかったね

仕舞いたる笑いなりしか笑い袋笑っても笑ってもまだ尽きないね

日本刀の反りに喩えて中井氏が愛でてくれしは『馬と火』のうた

何でそんなに急いでいるの　ねぐらへと帰るカラスが私に問うを

熔岩流どこまでわれかわからない炎立ちなど測れぬからに

北じょうの台風ですね　日本列島侵す怒りの渦なのですね

うつくしまなんて嘐くを波幾つ手繰れどだあーれも居ない島です

ああ私其処に光るね　ああ私うたもてひとよを歌い上げれば

撃て自らを

コロナ禍の門口なれば三度ほど誰何の後にずどんとやれよ

烈風に撓い撓うを裸木の芯移りてや撃て自らを

復員に戻りしいのち秋の陽の釣瓶落としに汲み上げにしか

汝無くば私の無きに夕間暮れ紛れ紛るる汝を呼ぶなり

妻逝きて何かうつろの器なれ清しきはなの盛る術《すべ》知らず

おお我は歌の羊ね　たった今うたの糧《かて》なす草原のなか

山の井の歌

コロナ禍に負けてたまるか水仙の喇叭立てたて五輪おこしに

コロナ撃つ軍団ならじアルゼンチンタンゴのしらべに乗りくる五輪

被曝禍に雀が来ぬと嘆きしを雀戻りて他界の汝ぞ

花摘みの子らにし問うを薄が原遠くに見ゆる薄ぞ汝は

妻の検診怠りしこと山の井の汲んでも汲んでも尽きぬ悔いなれ

妻逝きて寄る辺無くしし木立かも風吹けば風に削がれて鳴れり

赤松の林を行く

水仙の喇叭手殿に言わば言えコロナ討つまで喇叭離すな

戦陣訓諳んじましたね只管に死へのわれらの寒行だった

福島の鉾ら立てたてトリチウムの原発汚水に突撃突撃

赤松の林をゆけば赤松ののみどすがしき合唱聴くも

つくづくに求むるは何つくづくに我の内より汲むを歌こそ

清し女《め》の汝《なれ》のようだね今そこで笑みをこぼしたシャクナゲの花

うつくしま　ケヤキ並木の連なりに手繰ってもたぐってもお人好しらぞ

コロナ禍の日々を分け来しその奥処キビタキのうた聞きて癒さる

永続の証しなるべしキビタキがその巻き舌にうた巻きゆくを

シャクナゲよ笑ってばかり咲く勿れ人の怪しき陰りも見せよ

シジフォスの責め

荒男吾の肌拭きくれし清し女のナースを見れば女神なりけり

ああ汝はまことの伴侶　どの席も何処走るにも助手席に居て

おお我の存在の量天秤の妻の揺れ揺れに測りたりしを

大会の終えたる日々の安らぎにシジフォスの責め忘れしわれか

ふくしまやセシウム深野　悔い深野分けても分けても尽きぬこのみち

〈Ⅱ〉　飛翔

水起つこころ

蓮華沼れんげの淵に掬いたり　ほら老鶯の声こぼるるを

木の芽だち　尾根に吹く風さやさやと起ち上がりゆく私《わたくし》である

キツツキの木を衝く音に乗り来しかあな啄木の批評の心

ぶなの樹を攀ずる水音奏ずるはドレミファソラシシ水起つこころ

たった今裂けしは柘榴　独り居の座敷の奥に唇《くち》塗るおみな

おお我の眼底出血　風立ちて阿武隈川がみちびく入り陽

笹群れにさえずる鳥の声一つ他界の汝《なれ》と思い親しむ

古里の田植終えしや目つむるを遠きは小さく風に波立つ

猿滑り　猿が落とししその一つ攀じりて取らむその賞をこそ

逝く雲の光《かげ》を曳きつつ蒲公英の綿毛飛べ飛べ亡き妻の辺《へ》に

阿武隈の水脈

老鶯の声一しきりこぼれしに命震えて目覚むるわれか

おお海は私の楽譜　ステッキをタクト代りに弾みてゆくを

友からの受賞記念の置時計　芯に清しい喇叭手がいる

ぶな林のぶなより起つを阿武隈の起っても起っても尽きぬ水脈はや

天泣とう楽譜があるに気付きたり亡妻《つま》への思い奏でむとして

揚げ花火　天を彩るまやかしの原発が爆ぜ　福島が爆ぜ

他人様に席譲らるる面はゆさ我はや九十五歳のうつろ

津波後に遠退《の》く海か渚辺に砂積み砂と戯れたるを

さくらんぼ友に贈りて福島の笑みの一つを分けたる安堵

飛び魚のような少女

飛び魚のような少女ぞシャガールの絵ゆ抜け出でて孫に宿るを

孫に今　宿りいるものシャガールの絵ゆ抜け詩《うた》のような耀き

シャガールの絵より抜け来し「青き魚」コロナの海も跨ぎてゆかむ

我が歴史振り返りみむ妻娶り子ら育みしその暗がりを

我に今曾孫《ひこ》は愛しもシャガールの絵にし戻せば遠く翳るや

不可視遠みる

コロナ禍に負けるな負けるなシジフォスの刑の遥かに連ねて憶う

かたつむり角出せ槍出せその涯の不可視遠みる目を失うな

走れ走れサルビアの花従えむ被曝土一時保管の村へ

文明よ急がずもがな道の辺の合歓の睫毛を伏せてお休み

ぶな一樹攀ずる水音聴くものか喉《のみど》震わすその歌をこそ

阿武隈川の詩

詩《うた》がある明日があるから生きられるコロナ禍のなか栗拾う道

娘《こ》と会うをかけるマスクの白々とのっぺらぼうの我に苦笑す

夕顔の花が窓辺に咲いたから他界の汝《なれ》が来ているような

阿武隈や共に歌わむ激流の光れる波を楽譜に入れて

パソコンの窓の向こうは我が職場　翼さやさや開く空です

生きながらえて

文明も休みゆけとや峠路に風さやさやと吹く昼である

福島に生きながらえて原発の被曝に遇《あ》ったわたくしである

何でそんなに急ぐ地球よ涯の涯目指して消える星になるのか

秋深し透きとおりたるこの空は硝子の器《うつわ》　メロンを盛《も》ろう

他界から汝《なれ》が来たのね我が窓辺さやさや揺れる夕顔のはな

汝《な》が為の他界の詩《うた》も作ろうかほんとの詩人となりて旅して

秋が発《た》つ秋が発つとて揺るる樹ら光の翅をはばたかせたり

啄木鳥《きつつき》は何と鳴くのか福島の乗せられたるを　墓穴《ぼけつ》掘りしを

チェロあらば生命の詩《うた》を奏でよう魂震うを導き入れて

復興花火

神話にも震災ありや荒れ海はふん縛りぬというを聴かずや

再びを起たすは何ぞこの深野烈風が吾《あ》を攫いてゆくに

古里を包む形ぞ植え替えの防潮林に加わりゆかな

コロナ禍に負けてたまるか震災の復興花火起つをみちびく

豊かさは程々がよし阿武隈川　水嵩増せば天へ返さん

鶏笑

うつくしまなんて福島乗せられて自爆機のごと墜落したね

鶏笑とう中華店あり初なつを鶏冠《とさか》さやさや弾む昼です

烈風に削がれ削がれし樹の奥の削がれ尽きざる芯持つわれ

今年又夕顔の花　他界より私のあなたが戻って来たね

さらば夏パラリンピックの輝る腕らぐいぐいボートを漕いでゆく昼

うつくしま何処か遠くに行くような私の福島羽ばたいている

ああ福島セシウム深野　草深野分けても分けても尽きない悔いだ

防潮堤　深いポケット古里に手繰ってもたぐっても海もう無いか

ノーモア広島　ノーモア福島奏でるを聴けば野中に起ちゆくこころ

いくさ負け死を免れて山百合のさやに清かに目覚めた私

オリンピックに金銀銅の受賞者ら肩組みながら囲むは何ぞ

贈られた時計の中の喇叭手よ其処よりわれへ吹けファンファーレ

天の雫

朝顔や蔓のしずくの輝くを天が涙を流すのだろうか

道行けばくれない柘榴迫りつつ被曝福島の心も裂くや

福島に永久《とわ》に残さん夕空の裂けて物言うくれない柘榴

我が朝餉薯蕷《とろろ》とろとろ摺り下ろし喉の楽器を奏でて食《は》むも

何処までも五線譜なりや累々と小鳥の森に墓地がつらなる

鱗雲遠きが小さく連なるを手繰れば未来もひらくだろうか
マスクではもう防げない猛獣のコロナが内《うち》より牙《きば》剝き来るを

他界なる汝《なれ》に赤鬼の翳深し黄泉醜女《よもつしこめ》に仕込まれたるを

茶ならばと知覧茶買えりこれをしも特攻兵への我が供養とや

コロナ禍に負けてたまるか草深野分けてぞ炎立ちゆくこころ

雲のかけら

木槿ばな雲のかけらと見てゆくに何時しか空へ紛れむバスか

メリーゴーラウンドの喇叭手達よ何処までも弾みて己が生を吹くらし

うつくしまなんて福島乗せられて終《つい》は奈落へ落とされたんだ

啄木のへなぶりうたが折々に生《あ》れ出で涙止まらぬわれか

夕顔の蔓一斉に灯れるを天の雫のイルミネーションとや

窓

トリチウム流すに掘るとうトンネルぞ窓としなさば何が見えるや

阿武隈《あぶくま》川に静けさ戻りいるところ窓としながら見る故里や

福島や冬籠もりいるこの日々の窓を開けば如何なる明日か

窓一つひらけば清《さや》に朝鏡私の須弥呼も起ち来と思う

燃え立つ海

妻が逝きゼロゼロの日々過ごししをわれにはもう何にもなきか

さるすべり猿がすべりし木なりとう手繰れば顕ち来人面の猿

それは視野連なりひらく雲海の今すぐ渡れと招いたような

ああ福島おだてにのりて翅ひとつ軽きに着地が出来なかったね

鰭欠け魚

原発を容れたこの海眼に触れて鰭欠け魚の傾き泳ぐ

原発爆《は》ぜセシウムなんぞを撒きたればこの伽藍洞返る山彦

文明も休みゆけとや路《みち》深み深山竜胆が招いたような

妻の死に間に合わざりしをおだまきの手繰りたぐれど返す術なし

あんあんと泣くはぐれ子の汝《なれ》の声こぼれたような声の重たさ

漁無き浜

歌声が漁呼ぶなんてことありや　漁無き浜に合唱団来る

うつくしまなんて福島遠うみのおだてに浮きて御伽の島ぞ

コロナ禍に負けてたまるか暗雲を引き裂いてゆくジェット機である

さるすべり猿が辷りし爽やかさ見てゆく道辺わが人生も

夕間暮れ紛れ紛れてはぐれ子の汝《なれ》の泣き声こぼれたような

磐梯の爆ぜ痕清し真向こうを恨みつらみの爆ぜし山はや

霊山の森

汝《な》と共に在りしは夢か合歓花の睫毛を伏せて森の眠るに

ダンテの獄にうつくしまをば訪ねむか今こそ其処に原発石棺

めしいたる友と霊山《りょうぜん》の森へゆく　其処には他界の汝《なれ》も来ていむ

注・山は阿武隈山脈北端に位置する旧霊場。

私も終《つい》の馬鹿かなああ汝《なれ》が死のうと言うのを拒んでいたね

小鳥の合唱

茂庭なる奥処の空も入れ来てや滾りたぎるを摺上川とう

コロナ禍に負けず今すぐ起てよとや小鳥の森の小鳥の合唱

口空きて汝は逝きしを病む癌の言いたきことの言い尽くししや

癌病みし汝の骸を焼却すそんな処遇でよかったのかね

妻逝きてゼロゼロの日々過ごししをわれにはもう何にもなきか

一樹となりて

津波若し来れば何処へ走らんか防潮林の一樹となりて

原発を推奨するは職のゆえ　わが腹充たす糧ゆえにこそ

津波痕いわき豊間の岩間より地獄渡し場閃きて見ゆ

死神

波痕を振りむき見れば布人形そのくれないの汝《なれ》に重なる

ああ津波　古里の浜さらいしを逃れんとするその声聴こゆ

津波来る　津波がくると海見れば祖《おや》よりの血が吾《あ》に騒ぎしを

里帰り樹々の間《はざま》の海が見ゆこぼれんほどの光満たすを

海沿いの田にまで漁船寄せおりて津波の痕の重たかりにき

水漬きたる中学ピアノの楽聴こゆ防潮林の松風の中

津波禍に古里の海遠退《の》くを振り向き見ればずんずん小さし

海が無い古里が無い　どっかりと防潮堤が視野塞げるを

津波禍の古里訪うを起たんとや浜昼顔の咲くに癒さる

日本版長城《ちょうじょう》なるか巨大なる防潮堤の連なりいるを

巨大なる防潮堤の連なるに手繰っても手繰っても古里あらず

浪江原発成らず大津波避けたるをつくづく怪我の功名なりし

うつくしまなんて原発福島の軽きに乗りて爆《は》ぜしを思う

津浪若しくれば原発もたぬゆえ風に木の間の光なりしか

おおわれは歌の権化となりたるを津波に負けぬ歌にも爆《は》ぜぬ

東電の原発爆ぜしを問わば問え他者に頼らぬ自我自尊こそ

天皇の被災者訪問見るからに象徴ということ痛ましも

貧しくて招く原発　まねきしはああ福島の死神なりしを

トロイの木馬

関東軍と混成なりし整備隊北朝鮮系労務者あまたなりしを

木の根方まあるく雪の解け初めてそこからひらく私の明日や

ああ雪どけトロイの馬の一どきに春を動かし森をうごかす

すばらしき眺めと言うな雪深野手繰ってもたぐっても尽きざるものを

光る墓碑連ね憩いの森という小鳥の声のこぼるる傾り

幻の蛇

夜半蛇が長押《なげし》にとぐろ巻きいるを幻に見て其《そ》に巻かれたり

うつくしまなんて福島おだてにし乗りて飛び立つ鳥なのだった

コロナ禍のゼロを引き出す力欲し　剛ＳＬにそれを借りよう

うつくしまなんて福島おお我ら軽くておだてに乗せられたのね

独り居の奥処も見えむ木枯らしの手繰りたぐりてゆく草深野

天攀ずる楽

汝が祖の夕顔の苗分けらるる　笑み清々と分けられてゆく

コロナ禍の鬱根こそぎに攫えとや伊豆を襲いし土石流なる

緋柘榴の喉の奥見せ兄逝けり戦の惨も飲み込みしまま

遺産なる父の棚田よ風立てばドレミファソラシド天攀ずる楽

コロナ禍の闇巻き取らん遠尾根の溶岩流をわれへみちびく

天泣

うつくしまなんて福島　吾《あ》も乗せて弾みに弾んだ常磐電車

うつくしま　ずっと遠くにあったのね原発事故を越えて他界に

日照り雨一しきり降れ我が内の我をざぶりと攫いゆくまで

われはまだ偉くないのに古里の遠くに在って笑むを危ぶむ

遠閃き

福島やセシウム深野　悔い深野分けても分けても尽きぬこの　みち

阿武隈や大蛇《おろち》となれば過去世より須佐之男出でて退治されむか

阿武隈《あぶくま》川は大蛇《おろち》となりてこの夕べ遠閃きに空へ昇るよ

あとがき

『虎落笛』に続く第十七歌集は「浮島の歌」と題し、主として二〇二〇年八月以降の作品二八九首を以って編集構成しました。浮島という歌集名は尾瀬沼に浮かぶ浮島からの命名ですが、自己を含めた福島地域を批判する意味も含めたものです。言ってみればうつくしまなんて、自らを美化する在り方への批判ですが、その責めは自分自身にも問わなければと思うのであって、尾瀬の浮島の軽さから問題提起をするものであります。すなわち、前編を「凝視」とし、視点を「福島に覚む」としたうえで「飛翔」へ進み、自由の詩的世界に自己を解放するものであります。

　二〇一一年三月十一日（平成二十三年）の東日本大震災と同時発生の東電福島第一原発事故から九年が経過したのを契機として『虎落笛』を編み、被曝地福島を主要テーマとしたものは『姥貝の歌』『渚のピアノ』『警鐘』『鳴砂の歌』を加えて五冊になりました。前歌集では一応の区切りをつけたい意向を示しましたが、今回尾瀬の高みから眺め直す必要性を感じて「浮島の歌」として、完結へもう一歩を置くこととした次第であります。そして、今後の課題として目指しております口語定型短歌詩の追求とその纏めの仕事を己に課したく思うのであります。今回はこのような作品も幾らか挿入することによって、編集の過程で主観の客観化のために役立てようと試みました。

申しおくれましたが、昭和二十二年「潮音」入社以来、短歌の手解きをいただいた野本多霞夫・田中賢介の両氏、さらに今は亡き四賀光子先生、太田青丘先生及び太田絢子先生に対し心から感謝申し上げます。とくに、四賀先生には戦後に於ける私の青年時代における短歌の手解きをはじめ、作歌の基礎を培っていただいたので、こんにち私が歌人の端くれにつらなることができますのは四賀先生から受けた恩恵の限りない深さによるものであります。ここに繰り返して述べ、青丘先生の忘れ形見で現「潮音」主宰の木村雅子先生に感謝申し上げる次第であります。

また、このたびの歌集も常日頃お世話になっております角川文化振興財団の石川一郎氏、『短歌』の矢野敦志編集長をはじめ、編集部の打田翼氏らの皆様に前歌集『虎落笛』に続いて特段のお世話になりました。心から御礼申し上げます。

令和四年七月

波汐國芳

著者略歴

波汐國芳（なみしお・くによし）

1925年、福島県いわき市に生まれる。

1947年、「潮音」に入社し、太田水穂・四賀光子に師事。

その後「新墾」「露草」「白夜」「環」にも関係する。

1950年、北川冬彦の詩誌「時間」同人としてネオ・リアリズム詩運動に参加する。

1955年、第三回「短歌研究」五十首詠入選。

1980年、白夜賞受賞。1989年、潮音賞受賞。

1995年より福島県歌人会長を二期（四年）務める。

福島民友新聞歌壇選者（1988～）。

朝日新聞「福島歌壇」選者（1995～2009）。

既刊の歌集に『列島奴隷船』『断裂系』『青潮』『薔薇の返礼』『遠稲妻』『水炎』『夕光の落首』『落日の喝采』『マグマの歌』『那須火山帯』『炎立つ道』『姥貝の歌』『渚のピアノ』『警鐘』『鳴砂の歌』『虎落笛』の16冊がある。

2003年、第八歌集『落日の喝采』で第六回福島県歌集賞受賞。

2004年、福島県文化振興基金より顕彰を受く。

2004年、福島市教育文化功労賞を受く。

2007年、第九歌集『マグマの歌』で第三十四回日本歌人クラブ賞受賞。

2009年、福島県文化功労賞を受く。

2010年、地域文化功労賞（文部科学大臣表彰）を受く。

2017年、第十四歌集『警鐘』で第三十二回詩歌文学館賞を受く。

2021年、第十六歌集『虎落笛』で第五十五回迢空賞最終候補にノミネートされる。

現在、「潮音」選者。「白夜」選者。

ＮＨＫ文化センター短歌講師（2004～2016）。

ヨークカルチャーセンター福島短歌講師（2016～）。

現代歌人協会会員。日本歌人クラブ東北ブロック参与。

福島県歌人会顧問。歌誌「翔」編集発行人。

歌集　浮島《うきしま》の歌《うた》

初版発行　2022年11月11日

著　者　波汐國芳
発行者　石川一郎
発　行　公益財団法人　角川文化振興財団
〒359-0023　埼玉県所沢市東所沢和田3-31-3
ところざわサクラタウン　角川武蔵野ミュージアム
電話 050-1742-0634
https://www.kadokawa-zaidan.or.jp/
発　売　株式会社 KADOKAWA
〒102-8177　東京都千代田区富士見2-13-3
電話 0570-002-301（ナビダイヤル）
https://www.kadokawa.co.jp/
印刷製本　中央精版印刷株式会社
 ISBN978-4-04-884501-4 C0092